D1216966

Nuits de pow-wow

ISKEWSIS ... CHÈRE MAMAN

Mawio'mi Amasiwula'kwl

ISKEWSIS ... NKIJ

Nuits de pow-wow

ISKEWSIS ... CHÈRE MAMAN

Mawio'mi Amasiwula'kwl

ISKEWSIS ... NKIJ

DAVID BOUCHARD *et* **PAM ALEEKUK**

illustrations **LEONARD PAUL**

musique **BUFFY SAINTE-MARIE**

Red Deer PRESS

Je te revois mère dansant – encore jeune et vibrante
Dans les clairs-obscurs des flammes ardentes
Dans tes veines, une passion intarissable
Dans ton cœur, une quête immuable

Je revois les danseurs – mystérieux, panachés
L'Herbe et le Fantôme, leurs récits mouvementés
J'entends encore le tambour jusqu'au soleil levant
L'essence de notre peuple, la danse et le chant

Nkij, mikwite'tmul ta'n tujiw Ki'l wajuwe'nek mimajuaqn nutqwe'ne'k.
Amalka'tip lame'k ta'n weli epsit na'ku'set.
Kejitu nike ta'n tel kelukpenn na na'kwekl
Ki'l na kaqsi'tip ktinink kutay nike mawi eptek puktew.

Mikwite'tmkik nuji amalkewinu'k kesi welamsultijik
Msiku aqq Skite'kmujo'wtesintewk aqq ta'n teli a'tukwesni'k.
Pepkwijite'ma'ti'jik, ketapeki'a'ti'jik aqq kinu amalka'ti'k newtitpa'q
Kinu Kikmanaq na na'tatesinultijik aqq natowintutijik.

Meegwetch, chers danseurs, compagnons de mes étés
Noirs corbeaux d'un autre monde, esprits incarnés
Ma mère, dans leur ronde, rêve de liberté
De cette vision de l'au-delà – je suis l'héritier

Iskewsis, papillon – brûle en moi ton feu
Tes ailes, ta grâce, ton regard lumineux
Tes rêves immatériels emportés vers les cieux
En ces nuits de pow-wow, de danse avec les dieux

Amalkaltitewk – Maqtewe'kik Wkijka'qakuejk na ki'lowk…
Kiseywetewk aqq Naqitpalwetewk na awsu nemuksioq ki'lowk
Wjit ni'n, ki'l na msit koqowey ta'n ni'n ketui appnek
Kutey nike Nkijaq, na ketui alsumsi'a'snek…

Iskewis, Mimikej ta'n amalima't – ki'l alayja'sin wula tett.
Ktukape'kn na espetek aqq kpukwikl na'n kesasekl.
Ki'l mimajunmutipn pewitekemkewe'l aqq ki'l ela'satutip wasoqnmen
Amalkatip ki'l kisoqniktuk te's Mawio'mi amasiwula'kwl.

Je me souviens des jours et des nuits sur la route
Du siège arrière je faisais ma couche
La tête dans les étoiles, le cœur gonflé de fierté
Lové dans ta lumière et ton être embrasé

Sans-le-sou et toute seule, tu m'as nourri
Mon enfance – à force de grandir, j'ai appris
J'ai appris le travail, à ne pas me faire de souci
Tu m'as montré que de l'échec, on resort tout grandi

Ki's saq ta'n tujiw kenek mawi altaykek
Iklimpa'tikip na'tuken saqowey wutapaqn
Ni'n nkamulamun teto'qi ju'aqip ta'n tujiw ankamk kloqowejk
Kejituap na ki'l wasoqwete'sk.

Kisikwenitip ki'lia mu koqowey weskunmukip
Nutqwe'anek na mimajuaqnm nqamasiaqip aqq me'pemkinutmasi.
Ki'l kisi kinamuitip mukk jipa'tmenn metue'k lukwaqn
Ki'l kisi kinamuitip nutan na e'ntun nataqowey klaman aji mileysite's.

Meegwetch, chers danseurs, compagnons de mes étés
Noirs corbeaux d'un autre monde, esprits incarnés
Ma mère, dans leur ronde, rêve de liberté
De cette vision de l'au-delà – je suis l'héritier

Iskewsis, papillon – brûle en moi ton feu
Tes ailes, ta grâce, ton regard lumineux
Tes rêves immatériels emportés vers les cieux
En ces nuits de pow-wow, de danse avec les dieux

Amalkaltitewk maqtewtew'k Wkijik'qakuej na ki'lowk…
Kiseywetewk ki'lowk na awsu nemuksioq
Wjit ni'n, ki'l na msit koqowey ta'n ni'n ketui appnek
Kutey nike Nkjiaq, na ketu alsumsi'asnek…

Iskewsis, Mimikej ta'n amalima't ki'l alayja'sin wula tett.
Ktukape'kn na espetek aqq kpukwikl na' kesasekl.
Ki'l mimajunmutipnn pewitekemkewe'l aqq ela'satutip ki'l wasoqek
Amalkatip ki'l kisoqniktuk te's Mawio'mi amasiwula'kwl.

La danse des pow-wow dictait notre vie
Ta quête répondant à un besoin d'infini
Un jour danser à la perfection la danse du châle
De t'en faire des ailes, de t'envoler en esprit

Je te revois parant de perles ta tunique
Te présentant devant moi – souriante, lumineuse
Exhibant ta robe, tes longues tresses – radieuse
Chaque parure disposée soigneusement sur ton habit

Kinu mimajuaqnminu na pasik Mawiomi
Nutayk na nekmowey wjit kinu
Nutanek na amaltesin ta'n tujiw ki'l amalkanek
Klaman ki'l nenti'sk pasik ki'l ketleweyuti.

Mikwite'tm ta'n tujiw ki'l pasik eweyminek waio'pskl aqq eli'sawenek.
Kaqmitip ke'sk menaq ni'n aqq msit kjijaqmij na alasa'sip
Ta'n tujiw kekinua'teketun ktoqan aqq pitaq elisknuata'sik kusapun.
Te's waio'pskw tetpaqi ikalit ta'n tett nuta't ika'luksin.

Iskewsis, papillon – brûle en moi ton feu
Tes ailes, ta grâce, ton regard lumineux
Tes rêves immatériels emportés vers les cieux
En ces nuits de pow-wow, de danse avec les dieux

Meegwetch, chers danseurs, compagnons de mes étés
Noirs corbeaux d'un autre monde, esprits incarnés
Ma mère, dans leur ronde, rêve de liberté
De cette vision de l'au-delà – je suis l'héritier

Iskewsis, Mimikej ta'n amalima't ki'l alayja'sin wula tett
Ktukape'kn na espetek aqq kpukikl na kesasekl
Ki'l mimajunmutipn pewitekemkewe'l aqq ela'satutip ki'l wasoqek
Amalkatip ki'l kisoqniktuk te's Mawio'mi amasiwula'kwl.

Amalkaltitewk maqtewe'kik Wkija'qakuej na ki'lowk...
Kiseywetewk ki'lowk na awsu nemuksioq
Wjit ni'n ki'l na msit koqowey ta'n ni'n ketui appnek
Kutey nike Njikaq na ketu alsumsi'asnek...

Tes pas se firent plus lourds, voici la quarantaine
Je revois ta beauté – malgré ta souffrance
Pendant vingt années, tu avais été la reine
Vint ta dernière danse, en pleurs, en silence

De larmes, un à un tes rêves se sont éteints
Tes pas devinrent les empreintes que je suivrais
Ton corps affaibli, de douleur, étreint
Cette danse - la dernière ... ton cœur s'y résignait

Ta'n tijiw newiskikipuna'nek na poqji metuej ta'n teli amalkan
Kejula'p na metua'lisk pasik ki'l mu newt me'tewn
Muta ki'l na mawi Ntamalkewinui'skw ki's tapuiskikipunke'k
Kespi amalkatip ta'n tijiw ksaqpikunn nisijuikek.

Te's ksaqpikun nisiaq na pewamkewe'l keska'sikl
Te's ikanpukua'sin, ni'n pukwelk kisa'tu
Ki'l ktinin na menaqnowasip aqq matnemutip kesinukwann
Kejitutip ki'l kamulamunk ma app amalkowin.

Meegwetch, chers danseurs, compagnons de mes étés
Noirs corbeaux d'un autre monde, esprits incarnés
Ma mère, dans leur ronde, rêve de liberté
De cette vision de l'au-delà – je suis l'héritier

Iskewsis, papillon – brûle en moi ton feu
Tes ailes, ta grâce, ton regard lumineux
Tes rêves immatériels emportés vers les cieux
En ces nuits de pow-wow, de danse avec les dieux

Amalkaltitewk maqtowekik Wkijka'qakuej na ki'lowk…
Kiseywetewk ki'lowk na awsu nemuksioq
Wjit ni'n ki'l na msit koqowey ta'n ni'n ketui appnek
Kutey nike Njikaq na ketu alsumsi'asnek…

Iskewsis, Mimikej ta'n amalima't ki'l alayja'sin wula tett
Kutape'kn na espetek aqq kpukwikl na kesasekl.
Ki'l mimajunmutipn pewitekemkewe'l aqq ela'satutip ki'l wasoqek
Amalkatip ki'l kisqniktuk te's Mawio'mi amasiwula'kwl.

Il y a longtemps déjà, ton être s'est éteint
Se sont succédées depuis les nuits de chagrin
Jusqu'à ce que me vienne un rêve - une vision
Ton châle devenu ailes, et toi, papillon

Reste près de moi mère – guide mon âme
Inspire encore cette voie que tu as tracée pour moi
Tu m'as tout appris, danse en moi comme une flamme
Iskewsis, tendre papillon, ne t'éloigne pas

Te'si punkek nike pemiaq ta'n ki'l nepmutip
Menaq ekinuk newti welawk ta'n mu atkitemiew
Misoqow ne'wt pewulanek ki'l ne'a'si'tip
Ki'l amaltesinutip aqq ni'n kespi atkitemi na tuju.

Kikjuk kweywi mimikej aqq apoqnmui nemulin
Tlimi app ta'n tel pewin ni'n aqq ta'n weni' tes
Ki'l na nuji kina'muitip aqq ki'l me ni'n ankwe'win
Iskwesis, mimikej ta'n amalima't, tkwewi ni'n.

Mère, je te porte en moi, je danse ton envol
Là où mon regard se pose, je reconnais
Tes rêves devenus forme, ta lumière, rayonnante
Tu déploies tes ailes dans un pow-wow sans fin

Meegwetch, chers danseurs, compagnons de mes étés
Esprits incarnés, noirs corbeaux d'un autre monde
Pareils à moi, vous croyez aux papillons
Danseurs de pow-wow … prenez place dans la ronde

Menaq ki'l naqliwun Nkij ki'l na alayjasin
Nenul mita kpukikal mawi kesasekl
Kaqi mima'junma'l msit pewamkewe'l aqq me' wasoqnman
Amalkatip ki'l kisoqniktuk te's Mawio'mi amasiwula'kwl.

Amalkaltitewk maqtewe'kik Wjika'qakuejk na ki'lowk
Kiseywetewk ki'lowk na awsu nemuksioq
Pukwekik na ekik natel mu aji istue'kik aqq ni'n.
Amalkaltik Mawiomi amalkatitewk ke' nekmuk iknemu alsumsuti.

Pour Bonnie Chapman, mon « entraîneur » littéraire. DAVID BOUCHARD

5 4 3 2 1

Publié par
Red Deer Press
Propriété de la maison d'édition Fitzhenry & Whiteside
www.reddeerpress.com

Traduction mi'kmaq : Patsy Paul-Martin
Traduction française : Claire Jobidon et David Bouchard
Prise de son : Geoff Edwards – streamworks.ca
Couverture et mise en page : Arifin Graham, Alaris Design
Imprimé et relié à Hong Kong, en Chine

Ce livre a été rendu possible grâce au soutien financier du Conseil des Arts du Canada et du gouvernement du Canada par l'entremise du Programme d'aide au développement de l'industrie de l'édition (PADIÉ).

Catalogage avant publication de Bibliothèque et Archives Canada
Bouchard, David, 1952-
[Long powwow nights. Français]
Nuits de pow-wow / David Bouchard et Pam Aleekuk; illustrations de Leonard Paul; musique de Buffy Sainte-Marie.
Accompagné d'un CD avec la musique de Buffy Sainte-Marie.
Traduction de : Long powwow nights.
ISBN 978-0-88995-428-1
I. Aleekuk, Pam II. Paul, Leonard 1953- III. Sainte-Marie, Buffy IV. Titre. V. Long powwow nights. Français.
PS8553.O759L6614 2008 jC813'.54 C2008-907456-4